또 숙은 들에 떨이

최 다 원 시화집 **❾**

(주)도서출판 서예문인화

꽃 속은 들에 머리

시는

시 강의 시간에
"선생님 시는 대체로 사랑시가 많은데
사랑을 꼭 해야 사랑시를 쓸 수 있나요" 라고 했다.

소설은 허구요
수필은 사실이며
시는 허구와 사실을 과장과 은유로
잉태되고 태어납니다.

소설가의 소설은 소설가가 다 겪은 내용도 아니고
시인이 쓴 시도 다 경험한 것은 아니지만
가상과 체험의 중간에서 태어납니다.

상상력이란 실제의 실마리에서 비롯되고
실제에 가상을 덧대어
시는 아니 예술은 새로움으로 탄생합니다.

다 사실도 아니고
다 허구도 아니며
다 과장도 아닌 시
시는 영혼의 화가가 그린 그림입니다.

梅善堂 主人 최 다 원

목 차

작가의 말 / 5
- 노을풍경 · 9
- 눈 · 10
- 결실 · 11
- 화두 · 12
- 오늘 · 13
- 비파 · 14
- 꽃잎에게 사과했다 · 15
- 국화 · 16
- 꽃과 나 · 17
- 돌 · 18
- 자, 놀자 · 19
- 물처럼 · 20
- 부귀도 · 21
- 그 어느 날 · 22
- 후회하는 삶 · 23
- 오늘은 · 24
- 함께 부르는 합창 · 25
- 저승갈 때 · 26
- 너무 짧다 · 27
- 가장 행복할 때 · 28
- 어락 · 29
- 오늘 · 30
- 행복 · 31
- 그리움 · 32
- 삐졌나 · 33
- 귀뚜라미 · 34
- 그대 그리운 날 · 35
- 환생 · 36
- 인연 · 37

- 가득한 결실 · 38
- 작가 · 39
- 자연 · 40
- 각오 · 41
- 자식 · 42
- 만찬 · 43
- 인연 · 44
- 영양식 · 45
- 명훈 · 46
- 평화 · 47
- 시 한 편 · 48
- 포도 · 49
- 동장군도 운다 · 50
- 마음은 · 51
- 오데 갔다 오노 · 52
- 별이 빛나는 밤에 · 53
- 가장 좋았던 때 · 54
- 어머니 미소 · 55
- 사람은 무엇으로 사는가 · 56
- 바람따라 가는 향기 · 57
- 나의 강의실 · 58
- 평화가 머문 곳 · 59
- 추억으로 남겨지길 · 60
- 돌잡이 때 · 61
- 강변의 매화 · 62
- 페인팅 · 63
- 희망을 가지세요 · 64
- 성탄절 · 65
- 추억을 싣고 · 66
- 엄마라는 단어는 · 67

■ 행진 • 68
■ 상처 • 69
■ 호상 • 70
■ 보름달 • 71
■ 대나무 • 72
■ 시인의 마음관리 • 73
■ 가을정취 • 74
■ 마음과 정신 • 75
■ 고등어 • 76
■ 가훈 • 77
■ 가을 노래 • 78
■ 정신병자 • 79
■ 아름답던 날 • 80
■ 무소유 • 81
■ 사랑 • 82
■ 텔레파시 • 83
■ 심사장 • 84
■ 국화 • 85
■ 밥사 • 86
■ 술 • 87
■ 바람 머금은 향기 • 88
■ 기도(세월호의 아픔) • 89
■ 살다보면 • 90
■ 성산포 • 91
■ 가장 힘든 일 • 92
■ 나 • 93
■ 나를 기다리는 고향 • 94
■ 가을태풍 • 95
■ 친구는… • 96
■ 연필소묘 • 97

■ 교정 • 98
■ 또 속은들 어떠리 • 99
■ 고향마을 • 100
■ 그곳을 향해 동행할까? • 101
■ 웃자 • 102
■ 향기를 담고 • 103
■ 미움이란 • 104
■ 만무 • 105
■ "얘기 좀 해볼게" • 106
■ 가을정취 • 107
■ 천림스님 • 108
■ 그대와 나 • 109
■ 나는 부자다 • 110
■ 시인들의 대화 • 111
■ 가을날 • 112
■ 사랑하고 싶다고 • 113
■ 첫눈 오는 날 • 114
■ 사인암 소견 • 115
■ 마늘 • 116
■ 연필소묘 • 117
■ 부러웠다 • 118
■ 울 밑의 미소 • 120
■ 익어가고 싶다 • 121
■ 무섬마을 농막 단상 • 122
■ 월유정 소견 • 124
■ 개화산 약사사 • 125

노을풍경 ｜ 69×66cm ＊ 화선지에 수묵담채 ＊ 2014

눈

다 묻어두자고 눈이 내리고
다 덮어두라며 눈은 쌓여가네.
하얀 마음 순결한 마음 간직하라며
눈은 새하얗고
모나지 말고 살라며
눈은 육각으로 결성되었네.
쌓인 것은 풀어내고
굳은 것은 녹이는 것이라며
눈은 눈물로 호소하네.

결실 ｜ 46×70cm · 화선지에 수묵담채 · 2015

화두

무엇을 가졌는가
무엇을 꿈꾸는가
무엇을 버릴 것인가
올해의 화두로 잡았다.

오늘

발묵하던 붓대 벼루 위에 던져 놓고
화선지를 박박 구겨 구석으로 던진 후
소파에 벌렁 누워 보지만 그것도 잠시일 뿐
머리 위로 손을 뻗어 책을 뒤적뒤적 뒤적이다가
핸드폰을 열고 저장된 자료를 샅샅이 살핀 후
커피를 한 잔 마시며 초점 잃은 두 눈을 허공에 던졌다가
슬며시 끌고 와 물끄러미 서상을 응시한다.

그 놈에 그림이
안 풀려서

비파 ｜ 46×70cm · 화선지에 수묵담채 · 2015

꽃잎에게 사과했다

우리 집 뜨락에
진달래꽃들이 활짝 피었다.
꽃가지를 손가락으로 살며시 잡아 들여다 보며
두고 온 고향으로 떠나가 본다.
온산이 분홍빛으로 물들고
어린 시절 진달래꽃잎으로
주린 배의 허기를 채우던 시절이 먼저 다가왔다.
한 아름 따다가 화전을 부쳐볼까 생각하는데
진달래꽃들은 어느새 눈치 채고 파르르 떨고 있어
꽃잎에게 "미안해" 하고 사과했다.

국화 | 46×70cm · 화선지에 수묵담채 · 2015

꽃과 나

나의 뜨락에 라일락은
나를 보고 웃고
나는 라일락을 보고 웃는 사이에
활짝 피어난 웃음꽃 틈새로
실바람이 슬그머니 향기를 데려간다.

돌

오후 내내 돌을 움켜쥐고
전각을 파는데
자기 살을 보호하려는 보호본능과
생채기를 내지 않겠다는 결심과
칼날을 피해보겠다는 방어의 수단으로
칼을 쥔 나의 손가락에 물집을 만들었다.

자, 놀자 │ 46×62cm · 화선지에 수묵담채 · 2015

물처럼

산의 심장을 빠져나온 맑은 계곡물이
내장을 드러내고 웃으며 간다.
낙엽 한 잎을 머리에 이고
햇살을 안은 채 간다.
막아선 장애물은 비껴서 돌아
잠시 사색에 잠기기도 하고
버들치를 어루만지기도 하다가
서두르지도 않고
멈추지도 않고
다투지도 않고
경쟁하지도 않으며
그저 웃으며 웃으며
바다로 간다.
나도 저렇게 살고 싶다.

부귀도 ㅣ 63×47cm · 화선지에 수묵담채 · 2015

그 어느 날 | 70×68cm · 화선지에 수묵담채 · 2015

후회하는 삶

누군가 말했다.
삶이란 후회의 연속이라고
베개 위에 하루를 눕히고
지나간 오늘은 필름을 푼다.
어제도 그제도 또 오늘도 아쉬움이 남는 날이다.
나와 만나는 인연들은
모두가 나의 손님인 것을
더 웃어 주고
더 긍정해 주고
더 칭찬해 주고
더 친절할 걸
더 많이 눈을 맞추고
더 많이 말걸 것을
……

오늘은

감사합니다.
고맙습니다.
미안합니다.
괜찮습니다.
만 적절히 해도 적은 만들어지지 않는다 한다.

오늘 몇 번이나 했나
혹 혀 밑에 아낀 적은 없었는가…….

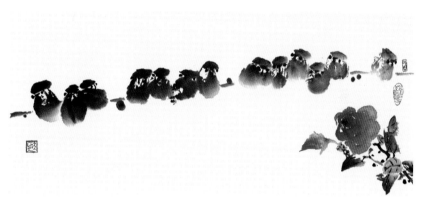

함께 부르는 합창 ｜ 62×27cm · 화선지에 수묵담채 · 2014

저승갈 때

젊은 스님이
입적하실 때가 가까워진
노스님에게
스님
……
스님 뭘 가져가실지 챙기셨나요 했다.
허공에 한참을 던져두었던 시선을 거둔
노스님은

솔바람 한 줌과
대그림자 한 마당과
경쇠소리나 가져갈까.

너무 짧다

하루가 안 보인다.
일주일이 어디로 갔을까.
한 달이 그냥 갔네.
일 년이 벌써 가네.
인생이 너무 짧다.

가장 행복할 때

장미가 미소를 띠우기 시작한 오월
서예가들이 진도세미나 떠나는 버스에서
사회자는 좌중을 향해 질문했다.
언제가 가장 행복하냐고
아마도 사회자의 기대는
현재 혹은 지금이라고 말해주길 기다렸을 것이다.
목청을 가라앉힌 팔순의 모 서예가는

"내가 수고하여 남이 편안할 때" 라고 했다.

魚樂 乙未夏東蓁園

어락 | 46×63cm · 화선지에 수묵담채 · 2015

오늘

오늘도 참새들이 창가에 날아와 나를 깨운다.
햇살이 찾아와 노크하는 아침은 상큼해서 좋고
점심은 아직 남은 하루의 여분으로 행복하고
저녁은 분주했던 하루의 충만으로 가득하다.
또 내일이 오기 때문에 오늘은 행복하다.

행복

무사에게 칼이 있다면
화가에겐 붓이 있다.
종일 붓을 잡고
그림을 그렸더니
눈이 아프고
어깨가 아프고
팔이 아파도
나는 그린다.
구상하며 즐겁고
그리면서 행복하고
그려놓고 뿌듯하다.
행복은 세포로 그림 속에
내재될 것이다.

그리움 | 46×64cm · 화선지에 수묵담채 · 2015

삐졌나

며칠
정신없이 바빠서
베란다에 참새 먹이를 주지 못했다.
날아든 여남은 마리가 콧노래를 부르며
콕콕 허기를 달래던 모습을
입가에 흐뭇한 미소를 달고 관조했었는데
어제밤 뿌려준 좁쌀이 그대로 있고
정적마저 깃들어 고요하다.
아기참새들은 다 어디로 갔을까

삐졌나

귀뚜라미

키를 따고 화실에 들어서니
모노륨 깔린 바닥에
귀뚜라미가 옆으로 누워 있다.
긴 다리와 더듬이가 구겨진 채
주름진 배를 드러내고 있어
손가락으로 건드려도 움직이지 않는다.

적당히 애태우고
적당히 그리워하고
적당히 슬퍼할 것을
그토록 애간장을 녹이며 밤새 울어대더니
기어이 탈진했구나!

그대 그리운 날 ｜ 67×49cm · 화선지에 수묵담채 · 2015

환생

천림스님은 나에게
전생이 예술가였을지도 모른다고
아마도 전생에서 이어 온 듯 하다며
좋은 일 선한 일 많이 하면
예술가로 다시 환생할 수 있을 거라고
그저 자비롭게 사랑하고
많이 베풀며
다 비우고
훌훌 벗으라 하네.

인연

지그시 눈을 감으면
아름다운 세상이구

살그머니 뜨면
예쁜 사람들이 가득하구

조금만 비벼 뜨면
소중한 인연들만 무수한 세상

소중하지 않은 인연이 어디 있으랴
아름답지 않은 것이 어디 있으랴
다 예쁘고 다 아름답고
다 소중한 것을.

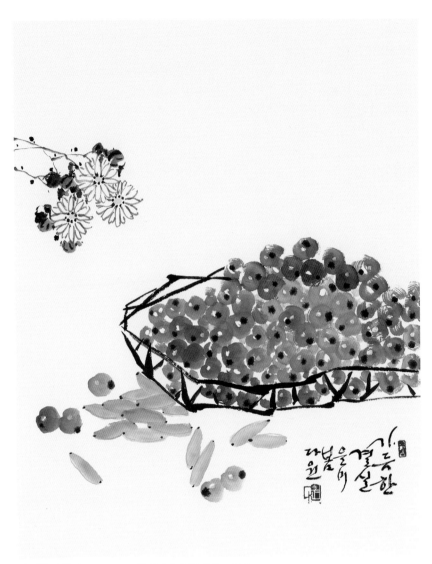

가득한 결실 | 45×58cm · 화선지에 수묵담채 · 2015

작가

모든 분야 예술세계는
네 단계로 구분지을 수 있다.
첫째는 취미
둘째는 강사
셋째는 정치가
넷째는 작가
자기가 어느 분야에 속할지는
모두 자기의 의지이니
의지대로 바람대로 성장해 가는 것이
우리의 인생이니까
작가의 반열에 들기 위해 오늘도
고고….

자연 │ 57×43cm · 화선지에 수묵담채 · 2014

각오

어제는 채웠어야 했고
오늘은 비워내야 하고
내일은 익어야 한다.

자식

친구와
카리브 레스토랑에서 식사 중에 친구는
요즈음은 자식에게
참견하지 말고
권위 부리지 말고
아양을 떨으라고
작은 것에도 오버로 고마워하고
아프단 말 자주 하지 말라고
언제나 웃는 얼굴로 대하고
말 많이 하지 말고
어디가자 하면 지체하지 말고
냉큼 따라 나서라고 당부하네.

자식이 상전인 세상.

만찬

나의 뜨락에 참새가 혼자
점심끼니를 때우고 있다.
벗은 어디 두고
짝은 어디 가고
동생들은 다 어디 갔기에
머리를 갸우뚱거리며
외로운 젓가락질 하나.

혼자 먹으면 사료이고
둘이 먹으면 식사이며
셋이 먹으면 만찬인 것을.

인연 ｜ 45×45cm · 화선지에 수묵담채 · 2015

영양식

참새 모이를 담아둔 항아리에
좁쌀들이 조금씩 뭉쳐 있는 걸 보면
여름이라 벌레가 생긴 듯하다.
모두 비닐에 담아 냉장고에 넣었는데
그걸 모르는 참새는
자꾸 창 앞으로 날아든다.
모처럼 단백질 섭취하라고
한 주먹 집어 와야겠다.

명훈

겸손한 것은 이런 거라고
낮아지는 것은 바로 이런 거라고
한평생 살아보니 알겠더라고
잘난 척 가진 척 아는 척 하지 말고
땅처럼 낮추고 겸손하라고
그저 아래로 낮춘 자는 인품이 주어진다고
기역자로 허리 굽은 할머니가
땅 가득 명훈을 적고 있다.

평화 | 49×39cm · 화선지에 수묵담채 · 2015

시 한 편

강의를 마치고 운전하고 오는 길에
졸음이 몰려온다.
별 생각을 다 끌어와 보고
하늘도 보고
구름도 보고
남산도 보고
나무도 보고
여의도 높은 빌딩도 보고
기웃거리며 배회하는 바람도 보고
구석구석 찾아가는 햇살도 보고
두런거리는 한강물도 보며
생각했다.
이런 때
시 한 편 와 주면 얼마나 좋을꼬.

포도 ｜ 70×46cm · 화선지에 수묵담채 · 2015

동장군도 운다

일억 오천만 키로를 달려온
따사로운 햇살이
잔설을 다독일 때
떠나간다는 것을 슬퍼하며
눈물을 흘리고 있다.

마음은

외모는 순간 보이지만
마음은 천천히 보인다.
외모는 눈으로 보지만
마음은 마음으로만 보인다.
천천히 스며들어
따스하게 전달돼 오는 마음
마음은 예리하고
마음은 감각적이며
마음은 섬세하다.
느낌으로 전달돼 오는 촉감을
신의 언어라 했던가
모두 마음으로 보고 싶다.

오데 갔다 오노

하기 휴일에 형제들이
어머니를 모시고
을왕리 바닷가에 이르렀다.
바닷물이 밀물 때인 것을 보며
지금은 물이 나갔네.
아마 두 시쯤이나 돼야
들어 올거야 라며
밀물과 썰물을 화제에 올리던 중
어머니는 애야
근데 물이 오데 갔다 오노
!!!

별이 빛나는 밤에 ｜ 74×68cm · 화선지에 수묵담채 · 2015

가장 좋았던 때

담소를 나누며 맥주잔을 기울이는
옆 테이블에 앉은 몇 분
지성과 품위가 담긴 멋쟁이 노인들이다.
새어 나오는 그들의 담소속에서
법관의 분위기가 느껴오고
오랜만에 만난 해후인듯하다.
권력과 명예를 함께하던 시절을 추억하려고
자넨 언제가 가장 좋았나
한 친구분이 입술에 반만 미소를 달고 묻자
가장 지긋해 보이는 노법관은
다 쓸데없고
마누라 팬티 벗길 때라네.

어머니 미소

작년 이맘때
산소에 올라
어머니를 뵙고 내려오는 길가에서
비탈에 기대선 진달래 한 포기를 만났다.
두 손으로 잡고 온 힘으로 당겼지만
머리를 흔들고 손사레 치며 강하게 버텼다.
어르고 달래 기어이 데려온 진달래를
나의 뜨락 한켠에 고이 심어 두었는데
봄이 오자 가장 먼저
연분홍 꽃을 피웠다.
어머니 미소처럼

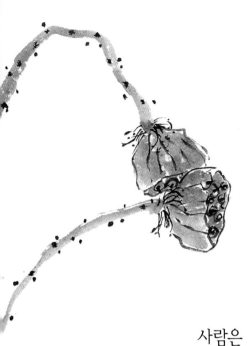

사람은 무엇으로 사는가

톨스토이 원작
"사람은 무엇으로 사는가" 연극을 보았다.

사람을 이루고 있는 것도 사랑이요
사람 안에 담긴 것도 사랑이라고 전하는 강한 메시지였다.

사랑은 식지 않도록 돌보아야 하는 것
사랑은 굳어지지 않도록 늘 만져줘야 하는 것
사랑은 다시 채워지도록 나눠줘야 하는 것
사랑은 이 세상에 전염시켜야 하는 것…….

빠람따라 가는 향기 │ 74×137cm · 화선지에 수묵담채 · 2015

나의 강의실

오늘도
시와 그림을 가르치는
나의 강의실엔
웃음이 살고
나눔이 살고
포용이 살고
유모어가 살고
우정이 살고
양보가 살고
정진과 꿈이 살고
소망과 사랑이 살고
희망과 행복이 산다.
어울려 사는 세상
더불어 사는 삶
아름다운 말과 고운 언어가
함께 사는 나의 강의실
하하 호호 나누는 소통과 양보가 산다.

평화가 머문 곳 ｜ 70×68cm · 화선지에 수묵담채 · 2015

추억으로 남겨지길

분주하던 하루가 베게 위에 누워
스며든 은은한 달빛을 입고
슬며시 닫아둔 눈썹 사이로
필름을 풀어 놓는다.

기억이란 나빴던 일이고
추억이란 좋았던 일이며
과거란 돌아가고 싶지 않은 상처일 것이다.

오늘은 어떤 날일까
내 삶에 부분으로 남겨질 오늘
오늘은 소중하고
오늘은 또 오지만
날마다 찾아와 줄 오늘이
추억하고 싶은 날이기를 기원해 본다.

돌잡이 때

태어남과 죽음은 누구에게나 공평한 것
하지만 과정의 철학이 필요하다.

붓 한 자루에 의지하여 살아온 세월
어언 반세기를 육박한다.

서예를 쓰고 그림을 그리고 시를 짓는 것은
꿈이고 철학이며
나의 인생 즉 삶의 전부였다.

초등학교 사학년 아이들 두 명이
서예 쓰던 붓을 잠시 놓고
나를 향해 홱 돌아서서

선생님
"혹시 돌잡이 때 붓 잡으셨나요"

강변의 매화 | 48×137cm · 화선지에 수묵담채 · 2015

페인팅

벌써 사 일째
페인트칠을 했다.
날마다 해도 아직 할 곳이 또 남았다.
대문에서 올라오는 복도를 새하얗게 칠하고 싶고
화실 천장과 내벽 외벽을 또 순백색으로 칠하고 싶다.

칠하고 싶은 곳은 날마다 생겨난다.
일상 속에서 파생되는 나의 실수와 잘못 위에
새하얀 페인트를 칠하고 싶다.
눈부신 순백색으로 두껍게 칠 해
맑고 순수하고 순결한 마음만을 가슴에 지녀
조용히 그리고 아름답게 살고 싶다.

칠 할 수 만 있다면……

희망을 가지세요

서화인들 가을 세미나로 떠나간
무의도의 씨사이드 호텔은 바닷가에 위치해 있었다.
객실 테라스에서 바다가 훤히 보이고
깔끔한 이브자리와 고요가 진을 치고 있었다.
곱게 물든 나뭇잎들이 가지에 매달려 미련을 호소하고
창문을 닫아도 달빛이 새어들어 하얀 미소를 건네주었다.
밀려오며 넘실거리는 작은 파도 위로
갈매기가 떼지어 날고 이따금 고깃배가 조업에 열중인 곳
어둠을 밀어내고 떠오르는 태양의 가시광선이
방안까지 침투하는 한적한 공간이었다.
세미나에 참가한 서화인들은
오명씩 조를 짜 웃음을 나누고 밀린 해후를 담소하며 하룻밤을 함께 했다.
조찬으로 콩나물 해장국을 앞에 둔 칠십 세의 남자서예가는
물끄러미 바다를 바라보던 시선을 거둔 후 혼잣말로
"이런 곳에서 이젠 밀월해 보긴 글렀네" 라며 혀를 찼다.
그 순간 여성서화인들은 이구동성으로

"희망을 가지세요 어제 장어도 드셨잖아요!"

64

성탄절

오늘은
성탄절인데
베란다가 고요하다.
참새들이 다 어디로 갔을까
교회?
성당?
밤새 한 잔하며 파티하다 곯아떨어졌나?
참새들아!
모이를 항아리째 놓아두었으니
출출하거든 와서 성탄만찬을 즐기렴.
가족을 데리고 와도 좋고
친구를 데려와도 좋으며
연인과 함께 와도 괜찮단다.
너희들 위를 채우고도 충분히 남을 양이니
언제든 오려무나.

추억을 싣고 ∣ 69×64cm · 화선지에 수묵담채 · 2015

엄마라는 단어는

티비에서 고아로 자란 청년이
새엄마에게
엄마라고 불러보고 싶었다고
엄마라는 말이 너무나 정겹지만 한 번도 불러보지 못했다고
엄마엄마를 연습하는 청년
눈에는 액체가 그들먹하고
얼굴은 벌겋게 상기되었으며
파르르 떨리는 입술이 달그락거려도
목소리는 기어 들어간다.

그 순간 울컥 치받쳐 오르는 뭉클함으로
나의 눈에도 눈물이 올라온다.
엄마는 눈물인가
엄마는 아픔인가
엄마는 아련한 그리움인가
엄마는 대체 누구이기에
엄마라는 단어는 사람을 울리는가.

행진 | 35×137cm · 화선지에 수묵담채 · 2015

상처

고맙다고 말하기는 쉽다.
감사하다고 말하는 건 더욱 쉬운 말이다.
사랑한다고 말하는 것도 어렵진 않다.
그러나
서운하다고
맺힌 게 있다고
마음을 열어 상처를 보이는 일은
참으로 힘든 말이다.
치사하기도 하고
좁은 소견을 들키는 듯도 해서
그냥 담아두어 볼까
한 쪽으로 꼭꼭 싸서 치워 볼까
다스리고 다잡아도
서러움은 몸집을 키워가고
진물이 흐르는 상처는 쓰라리다.

호상

구십일세로 돌아가신 지인의 어머니 문상에서
여럿이 둘러 앉아 위로한답시고
호상이시네요 했다.
상주는 긍정도 부정도 하지 않은 채
몇 분간의 침묵을 깨고
이 세상에 好喪(호상)이란 없습니다.

생각해 보니 맞는 말이다.
개똥밭에 굴러도 이승이 낫다고 했는데
호상이란 어불성설이다.
나의 어머니 돌아가셨을 때를 회상해 보면
왜 저 사람들은 음식을 먹을까
왜 저 사람들은 서로 나눌 이야기가 많을까
왜 나처럼 슬퍼하지 않을까
라고 생각하며 야속했었다.

보름달

을미년 정월 대보름날 밤
보름달은 하늘에 높이 떠서
천지를 비추며
사색에 잠긴듯 물끄러미 내려다 본다.

이 시간에도 저 달을 향해
얼마나 많은 가슴과 손들이
소원을 빌며
머리를 조아릴까.

저 달이 그 많은 사연들을
다 기억할는지는 모르지만
기원은 가슴에 화인으로 새겨질 것이다.

달을 향하던 눈을 당겨
슬며시 눈썹을 붙이고
쓸개에서 올라온 소망을 되뇌였다.

대나무 ｜ 70×140cm · 수묵담채 · 2014

시인의 마음관리

때가 낀 마음은
시를 쓸 수 없다고
맑고 깨끗하고 순수한 마음으로
바라보고 느껴야 시가 보인다고 했는데

날마다 비우고
날마다 씻어도
또 낀다.
살비듬이 일어나고
가려움증이 도진다.

가만히 누워 들여다 보고
조용히 더듬어가면 잡히는
누더기진 각질들
더운물에 푹 불려볼까
이태리 타올로 박박 밀어볼까

밤마다 씻고 버려도
다시 때낀 내 마음

가을정취 | 68×69cm · 화선지에 수묵담채 · 2015

마음과 정신

오늘은 인사동 전시장에서
회원들 현장수업을 했다.
더불어 많은 그림을 보고난 후는
마음과 정신이 풍요롭고 가득찬 느낌이다.

하루에 한곡의 명곡을 듣고
하루에 좋은 귀절이 담긴 양서를 읽고
한편의 명화를 감상하는 것이 문화인의 척도라 했다.

마음을 움직이는 것은 능력이요
정신을 움직이는 것은 축복이라했는데
회원들의 마음과 정신이 움직였을까.

고등어

고등어 열 마리 오천 원
메가폰 속에서 동네가 시끄럽다.
비닐봉지에 주섬주섬 담아준 것을
냉동실에 던져 놓은 지난 달
고등어조림을 하려고
묵은지 밑둥만 자른 다음
참기름과 간장, 고춧가루를 넣어 조물조물 버무려 푹 끓이며
고등어를 꺼내 보니
그들은 서로 몸을 의지한 채 하나가 되어 있었다.
떼어 놓으려고 아무리 어르고 달래도
더욱 단단히 서로를 포용하고 있다.
손에 손을 잡고 가슴을 밀착하고
냉동실에서 얼마나 추웠으면
서로의 체온을 나누고 있었을까.

가훈

오늘 근린공원 가훈 써주기 행사장에서
가장 많이 받아간 구절은
"사랑이 꽃피는 우리집" 이란 문구다.
얼마나 아름다운 집인가
향기롭고 그윽하고 섬세하고 싱그럽고
그러나 그냥 피는 꽃이 어디 있으랴
태풍과 비바람 몰아치던 지난 여름을 건너 오고
해충의 침입을 용케 피하고
살 에는 모진 겨울을 인내하여 봄을 맞은 그들
꽃을 피우기 위해 최선을 다 했던 것처럼
우리의 가정도 양보하고 인내하고
서로를 존중하는 가족 사이에서
사랑이 꽃으로 피어날 것이다.

가을 노래 | 46×70cm · 화선지에 수묵담채 · 2015

정신병자

산수화를 그리는 모 작가는
시는 정신병자들이 쓰는 거라고 일갈했다.
시인들은 분명 정신병자인지도 모른다.
첫째 시는 돈이 되지 않고
둘째 심장은 닳아 너덜너덜 하고
셋째 늘 시를 찾아 헤메이며 방랑한다.
두보의 가난이야 천하가 다 알고
이태백은 달 건지려고 강물에 들어갔으니
시에 미친 정신병자들이다.
그 놈에 시는 어디 있는지도 알 수 없고
모습은 커녕 실마리도 보이지 않는 시
그 시를 찾느라 가슴은 저리고
사진가가 렌즈를 열고 있듯 촉각을 세워
동공은 언제나 촉촉히 젖는다.
그러나 선진국에선 그 정신병자들을
최고의 지성인이라 일컬어 주니
곱게 미친 정신병자들
이 땅에 그들이 넘치기를 기원해 본다.

아름답던 날 | 48×64cm · 화선지에 수묵담채 · 2015

무소유

살다 보니
버려야 하는 것이 이토록
많을 줄은 몰랐다.

시간이 쌓여가면서
잊어야 할 것들이 이토록
많을 줄도 몰랐다.

세월이 더께를 입혀가면서
내려놓아야 할 것들이 이토록
많을 줄은 더욱 몰랐다.

날마다 버리고
시간시간 비워내며
틈새마다 내려놓아도
남겨진 잔해의 속살은 버얼겋다.

산도 나무도 구름도 제 먼저 알고
다 내려놓고 다 버리는 것을
모두는 숙명이고 운명이라며
미련없이 떨구어내는 것을

애당초 시작이 무요
이 세상 떠날 때도 무인거라며
몸소 보여주는
가을…….

사랑 │ 70×52cm · 화선지에 수묵담채 · 2015

텔레파시

정월이라고 아들 가족이 왔다.
반갑다고 달려드는 손녀를 가슴에 꼬옥 안았다.
손녀에게서 전달돼 오는 체온은
어린 내 아들의 것이었고
고사리 같은 두 손은 아들이 내밀던 손이었으며
미소짓는 입술은 오물거리던 아들의 것
따스하고 뭉클한 전선의 이 기류는
아들이 내게 보내오는 떨림의   레파시다.
아들은 나의 세포 속에 어린 아가로 멈추어 있어
가슴에서 아가새로 파닥이던 아들을
고스란히 간직한 손녀의 초롱한 눈빛과 체온과 입술은
온전히 아들을 담고 추억하고픈 언저리로 나를 데려간다.
두근거리는 심장과 빠른 맥박은
아들과 손녀와 나를 밧줄로 꽁꽁 묶어 놓고
울컥 눈시울이 촉촉한 행복을 한아름 안겨주었다.

심사장

글씨에 혼이 담기면
예술이라 했던가

열정과 혼이 담긴 훌륭한 작품과
어딘가 미흡하고 좀 부족한 작품들이
뽀얀 얼굴을 하고 윙크하는 심사장

저마다 개성을 지니고
가지런히 누워 눈썹을 까닥이는 작품들
간택의 손길을 애절히 기다리다가
그냥 지나치려는 치마꼬리를 당기기도 하고
힐끗 돌아본 눈가에 슬그머니 매달리기도 한다.

심사숙고 끝에 선별된 작품들은 자리를 옮긴 다음
운필을 재고 장법을 재고 필력을 재고
오자 탈자를 재고 작품성의 격을 재고
마지막으로 내재된 혼의 무게를 재며
또 다시 치열한 경쟁은 시작된다.

반쯤 열어둔 심사장 창문으로
화사하게 만개한 벚꽃
빙그레 미소지으며 넘겨다 보는 가지 사이에서
떼지은 참새들이 이 광경을
온동네에 생방송 중계했다.

국화 ｜ 63×45cm · 화선지에 수묵담채 · 2015

밥사

인사동에서
문인화가인 지인과 마주쳤다.
손을 내밀어 악수를 하고
그동안의 안부를 나눈 다음
언제 밥 한 번 먹자고 한다.

밥을 함께 먹는다는 것은
서로의 마음을 연다는 것
연 마음으로 교통한다는 것
오고 가는 통로가 형성되고
우정의 길을 만든다는 것

밥은
생명이고
대화며
나눔이고
소통이다.

그래서
석사 박사보다
밥사가 최고라는 말 마저 있으니
언제 밥 한 번 먹어야겠다.

술

술 속엔 술 만 있는 것이 아니다.
그 속엔 친구가 있고
이야기가 들어 있으며
안주와 여유와 분위기가 있다.

술 속엔 술 만 있는 것이 아니다.
그 속엔 웃음이 있고
긍정이 있으며
소통이 있고 이해와 화해가 있다.

술 속엔 술 만 있는 것이 아니다.
시가 숨어 있고 달이 동동 담겨 있으며
에너지가 넘쳐 흐르고
내일의 희망이 나폴나폴 나폴댄다.

삼삼오오 이마를 맞댄 둥근 테이블마다.
웃음꽃 이야기꽃들이
활짝 피어난 저녁 사랑을 담아
그대에게 권할 술 한 잔이 그립다.

바람 머금은 향기 | 59×45cm · 화선지에 수묵담채 · 2015

기도 (세월호의 아픔)

진도 앞바다 팽목항엔
구름도 지나가다 멈추었고
바닷물은 몸부림치며
세월호는 차라리 엎드려 통곡한다.

꽃들아
못다핀 꽃들아
목메어 외쳐 불러도
허공중에 흩어지고 마는 그리운 이름아

고개를 숙이는 것은 미안해서다.
아무 말 못 하는 것도 가슴이 미어진다는 말이다.
소리 없이 눈물이 흐르는 것은 심장이심장이 전율한다는 거다.
두 손을 모아야만 기도일까
큰소리로 외쳐야만 기도일까

고개를 떨구고
입술을 다문 채 고요히 침묵하며
두 눈이 촉촉히 젖는 것은 간절한 기도다.
먼 하늘에 초점 잃은 시선을 던져두고
애원의 눈길을 구름에게 별에게 달에게 보내는 것은
기적에게 보내는 간절한간절한 기도다.

살다보면

살다보면
참을 일이 더 많고
버릴 일이 더 많으며
잊을 일이 더 많다.

살아보면
양보할 일이 더 많고
용서할 일이 더 많으며
감싸줄 일이 더 많았다.

살아가노라면
나누고 싶은 마음이 더 많았으며
사랑 받은 일이 더 많았고
사랑하고픈 마음이 더 많았다.

사는 순간순간
기쁜 일도 많았었고
즐거운 일도 많았으며
유쾌했던 순간들이 더 많았다.

한 생을 사랑만 한다 해도 부족한 시간
다 접고 다 안고 다 내려놓으리라.
오직 살아있음이 행복이기에

성산포 │ 62×56cm ・ 화선지에 수묵담채 ・ 2014

가장 힘든 일

아무리 잘 나고 높은 지위에 있는 사람도
자랑긍(矜)자를 이길수 없다는 말이 있다.

조영남
그는 화가로 가수로 저술가로 활동하며
한 시대를 자유인으로 살아간다.

그가 가장 힘든 것은 겸손하기였다고
지금도 잘 안 되는 것이 겸손이며
낮아지고 낮추고 머리를 숙이는 일이라고 했다.

하루를 회상하는 베개에서
조금 더 겸손할 것을 하고 자책하는 내내
오늘도 채찍이 나의 종아리를 후려친다.

나

서화인들의 무의도 세미나에
초청된 웃음치료 강사는 살며시 눈을 감고 조용히 말했다.
나를 위로하고
나를 칭찬하고
나를 다독이라고
이 세상 가장 소중한 나
가장 사랑해야 할 나
가장 아끼고 보듬어야 할 나 라며
두 손으로 얼굴부터 어루만져 주라고 했다.

두 손을 가지런히 모아
머리부터 더듬더듬 나를 만진다.
얼굴을 쓰다듬고 목덜미를 거쳐
가슴을 다독이고 두 팔을 두드리고
폐부를 어루만지고 복부를 지나
두 다리를 주무를 때

갑자기 눈시울이 촉촉해지고
울컥 심장이 전율했으며
나 자신이 소중하게 다가왔다.
고맙고 감사하고
아주 예쁜
나를 발견하였다.

나를 기다리는 고향 | 69×55cm · 화선지에 수묵담채 · 2014

가을태풍

가을태풍이 올라온다고 예보하더니
바람이 나뭇잎 틈 사이를 비집고 있다.
태양도 겁이 나는지 먹구름 뒤로 숨고
새들도 빠르게 하늘을 가로지른다.
비행기도 무섭다고 괴성을 지르며 사라지고
한강물도 몸을 뒤집으며 밀려가고 있다.
풀벌레가 떼지어 아우성을 치고
낙엽들도 두려운지 빠르게 굴러간다.
구절초 잎사귀도 입술을 떨고
파랗게 질린 강아지풀도 꼬리를 흔든다.
갈대들이 이리저리 숨을 곳을 찾고
코스모스 가는 허리가 애처롭다.
가을태풍은 모두를 울리고 겁 주며
가자고 함께 가자고 나무들 팔을 잡아 끈다.

친구는…

함께 눈 뜬 아침에
같이 앉아 나눈 아침식사 후
따듯한 커피온기가 조금 식어갈 무렵
친구는 남편과 길이 나뉘었네.
이승과 저승으로
다시는 만날 수 없는
단절의 길로
서로의 길로 갔네.
저승은 가보지 않아서 어떤 곳인지 모르지만
다만 다시 볼 수 없다는 것
만날 수 없다는 것만은 확실한데
이제
투정도 못 부리고
말꼬리도 못 잡고
바가지는 어디다 긁나
보고프면 어쩌나
그리우면 어쩌나
심장에서 올라오는 연민은 어쩌나.
잡초처럼 무수히 돋아날 잘 못해준 일들은 어쩌나
이 겨울이 지나고 새 봄이 오면
누구와
꽃을 보고 따스한 햇살을 바르나
친구는….

30×40cm · 연필소묘 · 2014

교정

오늘은 후리지아 시집 마지막 교정
오케이를 하는 날이다.
흐름도 다시 보고
낱말도 보고
더 좋은 어휘가 없을까
머리를 짜내야 한다.

아리송한 단어는 교정기에 넣어 본다.
교정기는 지식이 풍부하고 친절하며 정확하다.
잘못 알고 있었던 맞춤법을 잘 가르쳐 준다.

보고 또 보고
볼 때마다 한 개씩이라도 잡혀 나온다.
그냥 인쇄로 넘어가면
또
더 볼 걸 하고 후회하기에 샅샅이 뒤적거린다.

행간 뒤에 숨고
낱말 뒤에 숨고
어순 뒤에 꼭꼭 숨어서 눈썹만 까딱이는 오자들
잘 잡아내 물고를 내야 한다.

또 속은들 어떠리

매년 이맘때가 되면
재미로 보는 토정비결이
인터넷에 뜬다.
생년월일과 時를 넣고
결과 보기를 클릭했다.

봄이 되니 만물이 소생하고 꽃이 피며
용이 물을 만난 격이고
남쪽에서 귀인이 나타나 도와줄 거라고 써 있다.
작년에도 비슷한 좋은 내용이 들어 있었는데
올해도 운수가 대통하다 하니

속아도 또 속여도
기분좋은 토정 이지함선생의 역작인 비결
아마도 토정선생은 어렵고 힘든 백성에게
새 희망과 위안의 꿈을 심어
내일로 이끌어 주기 위함일지도
모를 일이지만

또
기대를 걸고
희망을 가져 본다.

고향마을 | 69×55cm · 화선지에 수묵담채 · 2015

그곳을 향해 동행할까?

나의 회원이 물었다.
선생님 올해의 꿈은 무엇인가요 라고
연초이니 꿈을 정해야겠지?

마음은 꿈대로 가고
꿈은 향한 대로 가며
향한 곳은 노력하는 곳으로 가고
노력은 내가 먹이를 주는 곳 아닐까

그곳은 자랄 수밖에 없고
나아갈 수밖에 없으며
성장할 수밖에 없겠지

올해의 꿈에 도달하면 새로운 목표를 설정하고
목표는 또 다시 꿈이 되고
꿈을 잘게 부수면 소망이 되며
소망은 도달하고자 하는 염원일거야

염원은 기도가 되고
기도는 바램이 되어
간절함은 그곳에 데려다 줄 것만 같아

우리같이 설정하고 그곳을 향해 동행할까?

웃자

생로병사는
누구나 가야하는 길
태어나고 나이 들고
살아가는 동안 자연스레 오는 삶의 현상이다.

무심코 켠 티비에서도
몸에 좋은 음식과
가려야 하는 식품
그리고 운동의 필요성을 역설한다.
명의들이 나와서 강연을 하고
건강을 되찾은 사례를 방영한다.

그러나 가장 좋은 명약은 웃음이라나
모두 웃어넘기고
마음을 편하게 하면
그 무서운 암세포도 스러지고 만다고 했다.
그래서
맹자 공자보다 위가 웃자라고
그래 웃자.
다 웃어넘기자.
오늘도 웃고 지금도 웃고

또 웃자.

향기를 담고 | 46×64cm · 화선지에 수묵담채 · 2015

미움이란

공부하던 여자회원분이
가만히 나의 얼굴을 들여다 보았다.
매우 편해 보인다면서
미워하는 사람은 없느냐고 했다.

미움 그것은
떠오르면 불안을 동반하고
온몸을 전율하게 하며
피돌기의 미세한 움직임도 감지할 듯한
많은 에너지를 필요로 한다.

생각해 보면
미움보다는 받은 만큼 갚아 주어야 하는데
아직 못 갚은 사랑이 먼저 떠오른다.

이제껏 받은 사랑도 많고
사랑하는 사람은 많고
사랑할 것이 수없이 많다고 했다.

만무 | 65×70cm · 화선지에 수묵담채 · 2015

"얘기 좀 해볼게"

울창한 삼림을 병풍처럼 둘러치고
괴산 시내를 굽어보는 산허리엔
산소들이 무수히 분열하고
수줍은 개망초의 도열이 우리를 반긴다.
가쁜 숨을 몰아쉬며 급경사를 오르는 길가
산딸기가 바알갛게 익어가고 머루순 다래순이 키를 다투고 있다.
그리움 하나로 전국에서 달려와
제비집처럼 매달린 여우숲 펜션에 모인 벗들
폐부에서 길어올린 오랜만의 해후를 마음껏 풀어 놓고
구수한 입담으로 하하호호 웃음꽃을 피우는데
눈치없는 모기들도 덩달아 주위를 맴돈다.
주관자인 만샘에게 여친들은
"모기들 땜에 어떡해." 하며 노출된 팔을 감싼다.
난처한 듯한 만샘은 허리춤에 두 손을 올리며
"모기들까지 내가 우야노." 하며 고개를 가로 저었다.
나는 어깨를 반쯤 돌려 살며시 귀띔했다.
"우리 오기 전에 교육을 시켰어야지."
만샘은 입가에 벙그린 미소를 달고

"이따 쟤들하고 얘기 좀 해볼게."

가을정취 ｜ 70×70cm · 화선지에 수묵담채 · 2015

천림스님

천림스님은 비구니스님
백합처럼 환하게 웃는 얼굴은
평화롭고 순수해서
한 눈에 수행자임이 다가오네.
화실 방문 기념으로
(千林스님 成佛)
즉석 휘호를 하고 낙관을 해 주었네.

그녀가 사찰에서 들고 온
불자가 보내왔다는 망고는 너무나 잘 익어
입 속에서 살살 녹는다는 표현 그대로였네.
나이를 먹어간다는 것은
저렇게 바알갛게 익어야 하는데
저토록 부드러워야 하는데
저처럼 당분을 간직한 인품을 지녀야 하는 거라고 생각하며
포크로 한 점씩 찍어 입 속에 넣었네.

스님은 참선할 때 무얼 생각 하냐고
잡아 놓은 화두는 무어냐고
느닷없이 던진 나의 우문에
사람은 누구나 道를 지니고 태어난다고
그 道를 찾는 것이 수행이며 참선이고
그곳에 이르르면 모두 잊는 것이 도이며
홀홀 벗는 것이 도고
집착하지 않는 것이 도이며
남김없이 버리는 것이 도라고
그것을 실천함이 道라 하네.

그대와 나 | 46×65cm · 화선지에 수묵담채 · 2015

나는 부자다

임진강 건너 인공기와 태극기가 나란히 서서
아우성으로 손을 흔드는 민통선 내 통일촌
빈 망향전 단상엔 고추잠자리가 잠시 휴식하는데
다사로운 계절은 그저 발효를 거듭하고 있었다.
기포처럼 샘솟는 하고픈 말을 메아리에 담아 보지만
맴맴 맴돌고 마는 적막이 진을 친 고요한 산하에서
파란 하늘 푸른 창공이 나의 것 이었다.
떼지어 나는 철새들의 날갯짓과
싱그럽고 달콤한 산소가 폐부를 가득 채울 때
하늘거리는 코스모스의 수줍은 미소가 나의 것 이었다.
맑고 투명한 눈부신 햇살 아래
보랏빛 구절초 하얀 미소에 입술을 처박은 호랑나비 날갯짓도 나의 것이며
고요히 흐르며 침묵으로 일관한 임진강물과
깊숙이 몸을 담근 북녘의 산그림자가 나의 것 이었다.
풀잎에 사알짝 앉은 초롱초롱한 이슬과
늘씬한 소나무의 수려한 자태 또한 나의 것이고
구슬픈 풀벌레의 애절한 절규 속에서
나뭇가지 사이 새들의 청량한 노랫소리마저 나의 것 이었다.
편액 속 명필의 적절한 조형미와
꿈틀꿈틀 율곡선생의 힘찬 운필이 나의 것 이었고
다 참고 다 이해하고 채우기보다 비우라는
웅장한 미륵불 그윽한 미소도 나의 것 이었다.
갈대를 찾아 슬그머니 담을 넘는 솔바람이 바람난
만추의 가을 속에서
나는 부자였다.

시인들의 대화

시인들이 모인 신년회
안부를 전하며 화기애애한 식사를 한다.
화제의 시작도 시요
젓가락에 집힌 것도 시요
씹히는 것도 시요
보이는 것도 시다.
자연스레 흘러다니는 시 이야기는

시의 가장 큰 모티브인
사랑으로 흘러가고
사랑의 대상에 대하여 갑론을박 할 무렵
사랑이란 환상이며
가장 변질되기 쉬운 것이 사랑이라고
유효기간이 존재하는 하얀 거짓일 수도 있으며
사랑의 사전적 해석은 생각한다는 것이라고도 했다.

사랑의 3요소는 터치 대화 그리움이며
인간의 나이 칠십은 사랑에 목말라 환장할 나이라고
낼 모레 칠십인 시인은 수줍게 웃었다.
알파와 오메가인 사랑의 완성은 죽음이며
가장 애절한 사랑은 문학에 존재한다고…

나도
보고 싶다, 가져보고 만져보고 싶다.
그 사랑……

가을날 | 70×52cm · 화선지에 수묵담채 · 2015

사랑하고 싶다고

올해 칠십하나인 노 시인은
발그레 상기된 표정으로
조금은 수줍게 말한다.
아직 청춘이라고
젊은이라고
사랑하고 싶다고

외롭다는 말이다.
고독하다는 말이다.
아쉽다는 말이다.

이 세상 외롭지 않은 것이 어디 있으랴.
하늘에 구름도 외로워 비가 되어 내리고
빗물도 외로워 오물을 데려간다.
갈대들도 바람에게 하소연하고
냉기도 외로워 방안을 기웃거린다.
누구나 외로워 사랑을 찾는다.

첫눈 오는 날

눈이 온다고
첫눈이 내린다고 친구가 전화했다.

눈이 와~~
첫눈이 와

친구는 지금
마음이 설렌다는 말이고
고즈넉한 찻집에서 모카골드 커피 향내로
혀끝을 적시고 싶다는 말이다.

친구는
창가에 시선이 자꾸 머문다는 말이고
채워지지 않는 공허함이 하늘가에 가득 차서
시선의 동공이 촛점을 잃는다는 말이다.
폐부가 허전해 고독하다는 말이며
무척이나 보고 싶고 그립다는 말이다.

첫눈 내리는 날은 사랑을 그리워하고
사랑하는 사람들은 첫눈을 기다린다.
첫눈이 내릴 땐 사랑하는 사람과 함께를 그리워한다.
친구는 사랑하고 싶다는 말이고
나를 사랑한다는 말일 것이다.

사인암 소견 | 79×69cm · 화선지에 수묵담채 · 2015

마늘

지하실에 저장해 둔 마늘이
연두색 싹을 틔우고 있다.
오직 살아야 한다는 일념으로
연두빛 새 순은 소망을 키우며
문틈으로 기어든 한 줌 햇살을 끌어 모으고 있다.
기름진 옥토에 심겨져
새 희망으로 싹을 틔우는 마늘도 있지만
너는 수분도 공기도 환경도
뿌리 내려야 할 기름진 흙도
부족함이 너무 많구나

가난하고 형제 많은 가정에서 오로지
식복하나 손 안에 움켜쥐고
세상에 나온 아이들도 많았단다.
그래도 환경을 탓한 아이들은 없었다.

배고픔을 참지 못해 칡뿌리도 캐고
들녘의 나물로 죽을 쑤어 먹기도 했지만
형제들이 많다고 투정하지도 않았으며
좋은 학교에 보내달라고 떼쓰지도 않았단다.
고급 옷을 부러워하지도 않았고
오로지 열심히 노력하고 현실에 적응하며
주어진 일과 晝耕野讀(주경야독) 하고
螢雪知功(형설지공)한 공부에 최선을 다한 후
개천에서 용이 된 아이들
옛날엔 그런 아이들이 많았었단다.
연두빛 마늘아…….

116

30×40cm · 연필소묘 · 2014

부러웠다

막내 딸아이(만화가)가
레지던시로 창작방에 입주하기로 되어 있는
원주 토지문학관에 작업할 짐을 싣고 갔다.
전시관에는 박경리님이 남기고 가신 유산들이 가지런히 진열되어 숙연하게 했다.
손때 묻은 골무와 즐겨 입으시던 옷과 자루가 낡은 호미와
챙이 선명한 밀집모자 등등
아직도 체온이 느껴질듯 생생하다.

깨알같이 쓰여진 원고의 글자들이 스멀스멀 기어 다니고
빛바랜 잉크 내음새가 지긋하고 심장으로 와 꽂힌다.
흑백사진 속 추억과 어린시절 앳된 모습은 수줍은듯 멈추어 있었다.
정지한 흉상은 인자한 모습으로 빙그레 미소 짓고
주변의 흙들은 예전처럼 생명을 키우고 있을 때
싱그러움의 오월 산소마저 강열한 텔레파시를 보내와 전신의 피돌기를 마비시켰다.

문학이든 그림이든 작가는
사는 동안의 불편함이나 고통이란 작품을 위한 자료일 뿐
열정과 품격에 최선을 다 해야 하는 것이라고 다짐하면서도

너무나 부러워 뜨겁게 달아오르는 심장으로
작은 딸과 큰딸아이(동양화가)와 나와(문인화가)셋이 차를 마시며 손을 꼬옥
맞잡았다.
가슴 찡하도록 크신 박경리선생님
고뇌와 사색과 의 싸움을 이겨내고 이룩한 명작들
저절로 되는 것은 없고
고통없는 탄생도 없으며
모든 예술의 산실은 뼈를 깎아낸 각고의 산물임을 재확인하면서
인생은 유한해도 예술의 무한함을 보고 느끼고 입으며
부러워 숨넘어갈 뻔했다.

울 밑의 미소 ｜ 46×62cm · 화선지에 수묵담채 · 2015

익어가고 싶다

수업중에 한 회원이
부모님이 자꾸 다투신다고
중간에서 어찌해야 할는지요 라고 했다.

다투는 것은
무언가를 상대에게 요구하기 때문이고
그 요구에 미흡하여 축적된 감정에서 생성하는 자기 표현 아닐까
그러나 다툼으로 해서 둘 사이는 더욱 악화되고
자신마저 콘트롤하지 못한 감정을 자책하지만

나이가 든다는 것은
아이들에겐 성숙이며
어른에겐 익어가는 과정이요
늙은이는 편견을 쌓아간다는 말이 있다.
어른이 된다는 것 익어 간다는 것

이제
우리는 다 나이를 더해간다
어떻게 더해가야 할까
나이를 먹는다는 것
즉 익어간다는 것은
아린 맛 떫은 맛 신 맛 쓴 맛을 다 빼내고
이해와 겸손과 덕과 포용과 사랑만을 간직하여
품격있는 인품으로 거듭남을 이른 것이리라

나의 미래 나의 내일은
잘 익은 인격으로 인품으로 익히고 싶다.
누구의 다가섬도 부드러움으로 소통하여
이해와 관용과 포용으로 거듭나고 싶어
가슴이 두근두근 조여든다.

무섬마을 농막 단상

프르른 산과 들꽃들의 도열을 받으며
밀고밀고 영주의 무섬마을로 간다.
쭉 뻗은 고속도로가 달려와 영주에 멈춰 서고
꼬불꼬불한 오솔길이 모서리를 돌아 마을로 들어갔다.
개망초 향기가 말 머리를 농막으로 인도하고
야트막한 산들이 턱을 고이고 있었다.

살찐 호박이 잎 속에서 수줍고
보라색 가지가 가지를 늘어뜨렸으며
담배잎은 누렇게 떴다.
파아랗던 고추가 얼굴을 붉히고
더덕넝쿨이 수줍어 배배 꼬았으며
땅콩들은 말없이 땅만 응시했다.
동그마니 가부좌 튼 농막은
눈썹을 치켜뜬 채 침묵으로 일관하고
평상에 기댄 친구는 차라리 눈을 감았다.
모두
우리가 오기를 기다리다 지치고
그리움이 사무쳤나 보다.

하나 둘씩 도착한 우정으로 농막은 채워지고
유쾌한 웃음소리는 공간을 가득 채웠다.
흐르던 흰 구름은 하늘을 선회하고
소슬바람은 들녘을 가득 채웠으며
온갖 채소가 뜰 앞을 채우고
푸르름은 앞산을 꽉 채웠으며
길을 가던 태양도 발걸음을 멈추고 내려다 본다.
꿀벌마저 잠시 근면을 놓고 떠나지 않았으며
고추잠자리 눈동자가 더욱 휘둥그레 커졌다.
해당화 열매가 얼굴을 붉히고
장미의 미소는 이제 가슴을 열었다.

그래
삶이란 늘 누군가를 그리워하며
가슴에 응어리를 키우는 거란다.
기다림과 그리움은 고독으로 향하고
때론 괴롭고 때론 안타까움이 앞을 서는 거다.
오늘은 내일로 향하고
내일은 희망과 소망을 키워가는 거란다.
만남은 무수한 엔돌핀을 발효하며
새롭고 마알간 기쁨을 선사한단다.
우리도 너희들이 저리게 그리웠었단다.

월유정 소견 | 82×60cm · 화선지에 수묵담채 · 2015

개화산 약사사

아카시아 줄지어 선 오솔길 올라서면
반겨주는 산새소리 청아하고 낭랑하다.
싱그런 숲 냄새에 발걸음을 재촉하고
산까치들 푸드덕푸드덕 인도하듯 날아든다.

무성한 잎사귀를 희롱하던 실바람도 멈추고
향긋한 꽃향기가 개화산을 휘둘러 채웠다.
단장한 둘레길을 돌아 굽이굽이 넘어가면
다소곳이 가부좌한 약사사는 눈썹을 치켜뜨고
고요히 흘러드는 한강을 지긋이 굽어본다.

낭랑한 목탁소리 긴 여운을 이끌고
마을 찾아 인적 찾아 더듬더듬 내려가며
모두 비우고 저 맑은 하늘처럼 살라한다.
한강물처럼 고요히 조용히 흐르는 거라며
침묵으로 타이르고
모두는 인연이고 쌓여진 업이라며
숲을 지나 오솔길 돌아 빈 가슴 찾아간다.

첫 번째 울림은 모두 버리라 하더니
두 번째 울림은 전부 품으라 한다.
세 번째 울림은 나누고 베풀라 하고
네 번째는 언제나 어디서나 뒤를 돌아보라 했다.

다섯 번째 울림은 서로 함께하라 하고
여섯 번째 울림은 늘 깨어 있으라 했다.
일곱 번째 울림은 잊어야 할 것은 어서 잊으라 하며
여덟 번째 울림은 다 주어 담으라 하고
아홉 번째 울림은 어떤 말이든 들으라 했다.
열 번째 울림은 받은 것은 반드시 기억하라 하고
열한 번째 울림은 너의 맡은 바 일에 열정으로 힘쓰라 했다.
열두 번째울림은 서운함도 서러움도 용서해야한다고 하며
열세 번째 울림은 늘 고마워하고 감사하라 했고
열네 번째 울림은 이 세상 모두를 아끼고 감싸고 다독이며 사랑하라고 했다.
......

또 속은들 어떠리

2015년 6월 22일 발행

저자 최 다 원
주소 서울시 강서구 공항대로 4가길 22
전화 010-3705-8300
블로그 blog.daum.net/dawon5(최다원)

인쇄처 (주)도서출판 서예문인화
등록번호 제300-2001-138
주소 (우)110-053 서울시 종로구 사직로 10길 17, 내자동
전화 02-732-9880(代), 02-732-7091~3 (구입문의)
FAX 02-738-9887
홈페이지 www.makebook.net

ISBN 978-89-8145-980-2 03810

값 15,000원